第13回「ほたる賞」グランプリ作品

となりのトンコやん

久保田ゆき・作　いのうえかおる・画

ハート出版

「かくれんぼする人《ひと》、この指《ゆび》とーまれ」

「とーまった」

絵里《えり》が立《た》てたひとさし指《ゆび》に、いちばん最初《さいしょ》にとまったのは、トンコやんでした。そのあとに、健太《けんた》がとまり、健太《けんた》の弟《おとうと》の良太《りょうた》、絵里《えり》の妹《いもうと》の加奈《かな》が続《つづ》いてとまりました。

「じゃあ、じゃんけんでオニを決《き》めよう。じゃーんけんぽん！」

絵里以外《えりいがい》の四人《にん》の手《て》は、まるで花《はな》のようなパーを空中《くうちゅう》に咲《さ》かせ、絵里《えり》の手《て》だけがかたくにぎられたグーでした。

「あ、絵里《えり》ちゃんの負《ま》けー」

四人《にん》は「わーっ」と言《い》いながら、庭《にわ》のほうぼうに散《ち》らばりました。オニになった絵里《えり》は、納屋《なや》の柱《はしら》に顔《かお》をうずめます。

「もーいーかーい！」

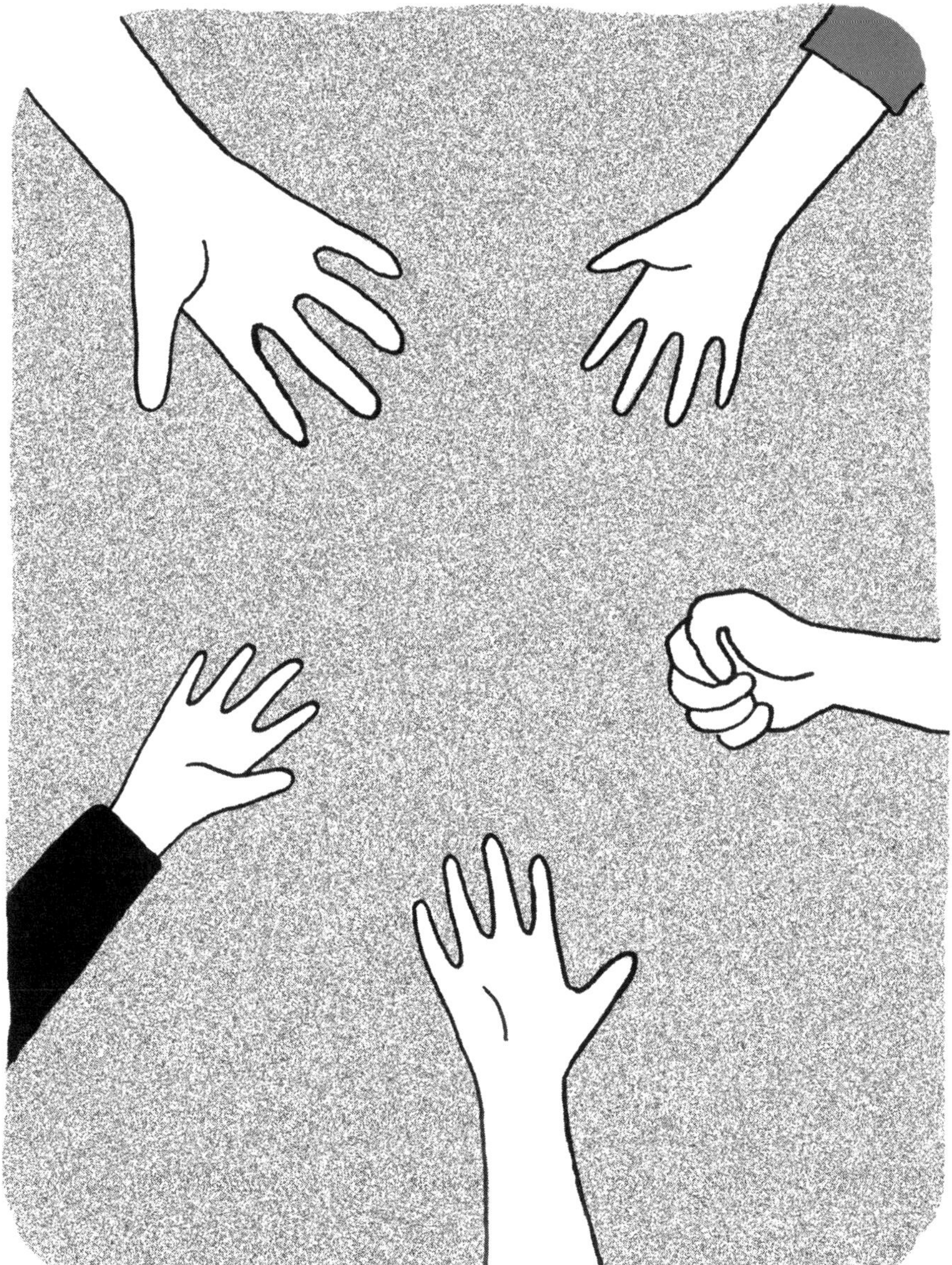

あちこちから「まあだだよ」と声《こえ》がします。すると、その声《こえ》に混《ま》じって、「もーいーかーい」ときこえてきました。

（あ、トンコやんてば、また間違《まちが》えてる）

「いったんタイムねー」

絵里《えり》は大声《おおごえ》でさけぶと、あたりを見回《みまわ》し、トラクターの向《む》こう側《がわ》にかくれているトンコやんを見《み》つけました。

「ね、トンコやん」

絵里《えり》が声《こえ》をかけると、トンコやんは、「あれー、見《み》つかっちゃったー」と言《い》いながら、でへへと笑《わら》いました。

「今《いま》はタイム中《ちゅう》だから、見《み》つけたことにならないよ」

「ああ、そっか」

「あのね、かくれんぼはね、オニになった人《ひと》が『もういいかい』って言《い》うんだよ。トンコやんは、オニじゃないんだから、かくれる前《まえ》は『まあだだよ』で、かくれたら『もういいよ』って言《い》うんだよ」

「ああ、そっか」

トンコやんは、ところどころ抜《ぬ》けている歯《は》をむきだしにして、ニカッと笑《わら》いました。絵里《えり》もつられてニカッと笑《わら》いながら、でもまたトンコやんは間違《まちが》えるだろうなあと思《おも》いました。

絵里《えり》は納屋《なや》にもどると、「タイム終《お》わりー」と言《い》ってから「もーいーかーい」とさけびました。今度《こんど》はあちらこちらから、「もーいーよー」ときこえてきます。けれど、その声《こえ》に混《ま》じって「もーいーかーい」とトンコやんの声《こえ》がするのです。

（また間違《まちが》えてる……）

今《いま》までトンコやんといっしょに何十《なん》回《かい》もかくれんぼをしていますが、一度《ど》としてトンコやんが間違《まちが》わなかったことはありません。オニじゃないのに、オニのせりふを言《い》ってみたり、オニなのにかくれてしまったり。絵里《えり》や健太《けんた》が注意《ちゅうい》をすると、トンコやんはたいてい「ああ、そっか」と言《い》って笑《わら》います。

そうしてまた同《おな》じ間違《まちが》いをするのです。

(トンコやんだもんなあ。仕方《しかた》ないか)

絵里《えり》はみんなをさがし始《はじ》めました。

絵里《えり》と健太《けんた》は同級生《どうきゅうせい》で、小学《しょうがく》三年生《ねんせい》です。加奈《かな》と良太《りょうた》も同級生《どうきゅうせい》で、絵里《えり》たちよりもふたつ下《した》の小学《しょうがく》一年生《ねんせい》。家《いえ》がとなり同士《どうし》なので、小《ちい》さい頃《ころ》からずっと仲良《なかよ》しです。学校《がっこう》から帰《かえ》ってくると、たいていどちらかの家《いえ》で遊《あそ》びます。そして、健太《けんた》の家《いえ》に遊《あそ》びに行《い》くと、必《かなら》ずといっていいくらい、トンコやんが「いーれーてー」と仲間《なかま》に入《はい》ってくるのでした。

トンコやんは、健太《けんた》のお父《とう》さんの三つ下《した》の妹《いもうと》で、知的障害者《ちてきしょうがいしゃ》です。名前《なまえ》はトミコですが、みんなからは「トンコやん」と呼《よ》ばれています。

絵里《えり》は小学校《しょうがっこう》に入学《にゅうがく》するころまでは、自分《じぶん》の両親《りょうしん》やおばあちゃんをまねて、トミちゃんと呼《よ》んでいました。けれども、近所《きんじょ》の人《ひと》や子《こ》どもたちがトンコやんと呼《よ》んでいるのを知《し》ると、トミちゃんと呼《よ》ぶのをやめてしまったのです。

知的障害者《ちてきしょうがいしゃ》だということを知《し》ったのは、絵里《えり》が「トンコやん」と呼《よ》ぶようになってすぐのことでした。絵里《えり》のおばあちゃんが教《おし》えてくれました。

「絵里《えり》ちゃんは、トミちゃんのこと、どう思《おも》ってる？」

「だいすきだよ。いつもいっしょにあそんでるよ」

「それならよかった。『トンコやん』て呼《よ》ぶようになったから、おばあちゃん、ちょっと気《き》になってたんだよ」

「……ふぅん」

「おばあちゃんもね、トミちゃんのことだいすきだよ。ただね、トミちゃんは体《からだ》はおとなだけど、頭《あたま》の中《なか》はね、少《すこ》しおとなじゃないところがあるんだよ」

そのころ、まだ一年生《ねんせい》だった絵里《えり》は意味《いみ》が分《わ》からなくて、きょとんとしました。

「きっとね、だんだんに分《わ》かると思《おも》うよ」

誰《だれ》にも言《い》ったことはありませんでしたが、幼《おさな》いころから絵里《えり》の胸《むね》の中《なか》に、「トンコやんはすこし変《か》わったおとなだなあ」という思《おも》いがありました。それは、トンコやんがおとなの仕事《しごと》をしないからです。絵里《えり》のお母《かあ》さんのように家事《かじ》をすることもないし、おばあちゃんのように、着物《きもの》をぬうこともありません。絵里《えり》たちといっしょに遊《あそ》ばないときには、庭《にわ》に立《た》って、ぼうっと空《そら》を見上《みあ》げていたり、道路《どうろ》に出《で》て、走《はし》る車《くるま》をじーっと見《み》ているのです。絵里《えり》は、そのようすを目《め》にするたびに、「すこし変《か》わったおとな」だと感《かん》じていたのでした。

そうして、おばあちゃんの言《い》ったとおり、絵里《えり》はだんだんに分《わ》かっていきました。それは、自分《じぶん》の胸《むね》のうちにあった思《おも》いが、ゆっくりと形《かたち》になり、目《め》に見《み》えてくるような、そんな感覚《かんかく》でした。


積《つ》まれた肥料袋《ひりょうぶくろ》のかげに、じょうずにかくれていた加奈《かな》を見《み》つけたとき、ちょうど五時《じ》のサイレンがなりだしました。わおーんわおーんと、どこかの犬《いぬ》がサイレンにあわせてほえています。

六月《がつ》の夕《ゆう》ぐれはまだまだ先《さき》ですが、五時《じ》になったら帰《かえ》るのが絵里《えり》の家《いえ》の決《き》まりです。

「五時《じ》だから帰《かえ》るね」

「また明日《あした》。ばいばーい」

「ばいばーい、またね」

絵里《えり》は加奈《かな》の手《て》をひいて、家《いえ》に帰《かえ》りました。今《いま》から夕飯《ゆうはん》のしたくがととのう六時半《じはん》くらいまでが宿題《しゅくだい》の時間《じかん》です。絵里《えり》はランドセルから、計算《けいさん》ドリルと漢字《かんじ》ドリルを取《と》り出《だ》すと、おばあちゃんの部屋《へや》にむかいました。どういうわけか、ぬいものをしているおばあちゃんのとなりで宿題《しゅくだい》をすると、早《はや》く終《お》わるのです。

「おばあちゃん、宿題《しゅくだい》させてー」

「ああ、いいよ」

絵里《えり》がドアをあけると、おばあちゃんは、いつものぬいものではなく、手《て》紙《がみ》を書《か》いていました。「よっこいしょ」と立《た》ち上《あ》がったおばあちゃんは、ちゃぶ台《だい》の半分《はんぶん》を絵里《えり》のためにあけて、座布団《ざぶとん》をしいてくれます。

「ちょっとせまいけど、いいかい？」

「うん、だいじょうぶ。今日《きょう》は宿題《しゅくだい》がいっぱいなの。だから、おばあちゃんの部屋《へや》にきちゃった。ここだと早《はや》く終《お》わるんだよー。ふしぎだよね」

絵里《えり》がドリルやふで箱《ばこ》をならべながら言《い》うと、おばあちゃんは、ふふふと笑《わら》いました。

やっぱり、おばあちゃんの部屋《へや》だと宿題《しゅくだい》が早《はや》く終《お》わります。一時間《じかん》はかかると思《おも》っていたのに、その半分《はんぶん》の三十分《ぷん》ですみました。

絵里《えり》がちゃぶ台《だい》の上《うえ》を片《かた》づけていると、「こんちはー」と声《こえ》がしました。

ガラス戸《ど》のむこうのえんがわに、トンコやんがすわっています。

「中《なか》におはいり」

おばあちゃんがまねくと、トンコやんはもういちど「こんちはー」と言《い》って入《はい》ってきました。

トンコやんは、ちゃぶ台《だい》の上《うえ》にある、書《か》きかけの手紙《てがみ》を見《み》つけると、「これなに？　これなに？」とおばあちゃんにききました。その目《め》は、なにかいいものを見《み》つけたときのように、キラキラとかがやいています。

「これは、手紙《てがみ》だよ。この紙《かみ》をこうして折《お》って、この封筒《ふうとう》にいれて、ここらへんに切手《きって》をはって、ポストにいれるんだよ。そうするとね、ゆうびん屋《や》さんが、ここに書《か》いてある名前《なまえ》の人《ひと》の家《いえ》にとどけてくれるんだよ」

「ああ、そっか」とうなずきながらきいていたトンコやんは、目《め》をキラキラさせたまま家《いえ》に帰《かえ》ってしまいました。

ところが、しばらくするとトンコやんが「てがみでーす」と言《い》いながらもどってきたのです。その手《て》には、アジサイの葉《は》っぱがありました。よく見《み》ると、ちぎられたチラシがテープではられています。きっと、切手《きって》のつもりなのでしょう。

トンコやんは、その葉《は》っぱ手紙《てがみ》をえんがわにおくと、まんぞくそうな顔《かお》で帰《かえ》っていきました。

つぎの日《ひ》、絵里《えり》が学校《がっこう》から帰《かえ》ってくると、おばあちゃんの部屋《へや》のえんがわに、葉《は》っぱが五枚《まい》ならべられていました。きのうと同《おな》じアジサイの葉《は》っぱが三枚《まい》と、先《さき》がすうっとのびたこの葉《は》っぱは、ツユクサのものでしょう。それが二枚《まい》ならんでいます。そして、どの葉《は》っぱにも、小《ちい》さくちぎられた紙《かみ》がはってありました。

「おばあちゃん、またトンコやんが葉《は》っぱ手紙《てがみ》をもってきたの?」

ガラス戸《ど》ごしにおばあちゃんにたずねると、「朝《あさ》から何度《なんど》もとどけてくれるんだよ」と、おばあちゃんの声《こえ》が返《かえ》ってきました。

(トンコやん、よっぽど葉《は》っぱ手紙《てがみ》が気《き》に入《い》ったんだね)

それならと、絵里《えり》も葉《は》っぱで手紙《てがみ》を作《つく》ることにしました。トンコやんに手《て》紙《がみ》のへんじを渡《わた》そうと思《おも》いついたのです。絵里《えり》の家《いえ》にもアジサイがあるので、きれいな葉《は》っぱを一枚《まい》つみました。ついでにアジサイの花《はな》もひとつつみました。花《はな》を切手《きって》にしたらかわいいだろうなあと思《おも》ったのです。

近《ちか》くで遊《あそ》んでいた加奈《かな》が「あたしもやりたい」と言《い》うので、もう一枚《まい》と、もうひとつを枝《えだ》からつむと、家《いえ》の中《なか》で手紙《てがみ》を作《つく》り始《はじ》めました。

葉《は》っぱに花《はな》をテープでとめれば、それで完成《かんせい》です。とてもかんたんにできてしまったので、少《すこ》し物足《ものた》りなく思《おも》い、あて名《な》を書《か》くことにしました。

ふたりとも、葉《は》っぱに字《じ》を書《か》くのは初《はじ》めてなのでドキドキしました。油性《ゆせい》ペンでゆっくりと葉《は》っぱの真《ま》ん中《なか》あたりに「トンコやんへ」と書《か》き、そのとなりの下《した》のほうに、自分《じぶん》の名前《なまえ》をしるしました。

アジサイの葉《は》っぱは、さっきよりも、ぐーんと手紙《てがみ》らしくなりました。ふたりは、なんだかうれしくなって、急《いそ》いでくつをはくと、となりの家《いえ》まで走《はし》りました。

「トンコやーん、手紙《てがみ》でーす」

「てがみでーす」

トンコやんが庭《にわ》のおくから出《で》てきました。

「見《み》て。ここに、『トンコやんへ』って書《か》いたの」

「あたしも、かいたの」

ふたりは、同時《どうじ》に葉《は》っぱ手紙《てがみ》を差《さ》し出《だ》しました。トンコやんのよろこぶ顔《かお》を想像《そうぞう》して、ワクワクしています。

けれどトンコやんは、葉《は》っぱ手紙《てがみ》を受《う》けとると、じーっと見《み》てから、ぽいっとすててしまったのです。

「あっ」と思《おも》ったときには、もうおそく、二枚《まい》の葉《は》っぱはトンコやんのサンダルにふまれて、ぐちゃぐちゃになってしまいました。

トンコやんはこわい顔《かお》つきで、ふたりをじーっと見《み》つめます。絵里《えり》はぼう立《だ》ちになり、加奈《かな》は絵里《えり》の手《て》をぎゅうっとつかみました。トンコやんは目《め》をそらさずに、ふたりをにらみ続《つづ》けます。

すると、とつぜんトンコやんが大《おお》きな声《こえ》でさけびました。

「てがみでーす！」

ふたりは、心《しん》ぞうが飛《と》び出《だ》すんじゃないかと思《おも》うくらい、おどろいてしまいました。

びっくりしているふたりをよそに、トンコやんは、「てがみでーす。てがみでーす」とくり返《かえ》しながら、畑《はたけ》のほうに走《はし》って行《い》ってしまいました。

加奈《かな》がベソをかいています。絵里《えり》は「ごめんね」と、頭《あたま》をやさしくなでました。ふまれた葉《は》っぱをひろう絵里《えり》の目《め》にも、じわじわとなみだがあふれて

きました。

家《いえ》にもどったふたりを見《み》て、おばあちゃんがおどろきました。

「ふたりとも泣《な》いて！　いったいどうしたの？」

絵里《えり》は、さっきの出来事《できごと》を話《はな》しました。おばあちゃんは、だまって絵里《えり》の話《はなし》に耳《みみ》をかたむけます。

「きっとトミちゃんは、手紙《てがみ》の配達《はいたつ》をよこどりされた気持《きも》ちになったんだろうよ」

「よこどり？」

「そう。自分《じぶん》が気《き》に入《い》ってやっていることを、絵里《えり》と加奈《かな》にとられちゃったと思《おも》ったんだよ」

「でもね、あれは、手紙《てがみ》のおへんじだったんだよ」

「うん、そうだね。だけどトミちゃんには、そういうのが分《わ》からないのかもしれないね。自分《じぶん》で手紙《てがみ》を作《つく》って、それを配達《はいたつ》するのがすきなんだと思《おも》うよ。トミちゃんにとって、手紙《てがみ》っていうのは自分《じぶん》がとどけるものなんだよ」

絵里《えり》は、分《わ》かったような分《わ》からないような気持《きも》ちでしたが、分《わ》からなきゃいけないんだな、ということだけは、心《こころ》に感《かん》じました。

つぎの日《ひ》も葉《は》っぱ手紙《てがみ》がとどけられました。トンコやんは、きのうのことをぜんぜん気《き》にしていないようで、いつもどおりです。絵里《えり》は少《すこ》し考《かんが》えてから、「手紙《てがみ》をとどけるのがすきなの？」とたずねてみました。トンコやんはニカッと笑《わら》って「そう」とこたえ、「てがみでーす。てがみでーす」とくり返《かえ》しました。絵里《えり》はそのすがたを見《み》て、きのうは悪《わる》いことをしちゃったなあ、とすなおに思《おも》いました。

葉《は》っぱ手紙《てがみ》の配達《はいたつ》は、それからもずっと続《つづ》きました。

夏《なつ》には、シソの葉《は》や、ピーマンやきゅうり、かぼちゃやスイカの葉《は》っぱ。秋《あき》には、ナスの葉《は》っぱや、さといもの大《おお》きな葉《は》っぱ。それから、真《ま》っ赤《か》なもみじの葉《は》がとどけられることもありました。

冬《ふゆ》になると、白菜《はくさい》やほうれん草《そう》、こまつ菜《な》が手紙《てがみ》になって配達《はいたつ》されたのです。

絵里《えり》の家《いえ》では、食《た》べられる葉《は》っぱは、小鳥《ことり》のエサにしたり、おつゆの具《ぐ》にしたりしました。葉《は》っぱ手紙《てがみ》は、いつの間《ま》にか、絵里《えり》たちの生活《せいかつ》にとけこんでいました。

けれど、いちどだけ、葉《は》っぱ手紙《てがみ》でたいへんなことがおきました。絵里《えり》たち家族《かぞく》が、お正月《しょうがつ》に旅行《りょこう》にでかけ、帰《かえ》ってきた日《ひ》のことです。ポストの中《なか》が、白菜《はくさい》の手紙《てがみ》であふれているではありませんか。ぎゅうぎゅうにおしこまれた白菜《はくさい》からは汁《しる》がたれて、本当《ほんとう》の手紙《てがみ》や新聞《しんぶん》をしっとりとしめらせていました。

「葉《は》っぱ手紙《てがみ》は、ポストにいれてはだめだよ」

おばあちゃんに、そう言《い》われたトンコやんは、「ああ、そっか」と頭《あたま》をかいて笑《わら》っていました。

葉《は》っぱ手紙《てがみ》がとどくようになって、もうすぐ一年《ねん》がたつというころ。

「トミちゃんが入院《にゅういん》したよ」と、おばあちゃんにきかされ、絵里《えり》はおどろきました。そういえば、ここ最近《さいきん》、葉《は》っぱ手紙《てがみ》のとどかない日《ひ》が多《おお》くなっていたのです。

「どうして入院《にゅういん》したの？」

心配《しんぱい》になった絵里《えり》がきくと、おばあちゃんは「うーんとね……」と言《い》ったきりだまってしまいました。

「知的障害《ちてきしょうがい》が悪《わる》くなったの？」

しーんとした空気《くうき》をやぶるように絵里《えり》がたずねると、おばあちゃんは「そうじゃないんだよ」と言《い》いました。

「トミちゃんはね、知的障害《ちてきしょうがい》だけじゃなくてね、心《こころ》の病気《びょうき》ももってるんだよ」

「心《こころ》の病気《びょうき》って？」

「いろいろあるんだけどね、トミちゃんのは、いらいらする気持《きも》ちがとまらなくなったり、わあっと大声《おおごえ》をだしたくなったり。そういう病気《びょうき》なんだよ。心《こころ》の中《なか》に、悪《わる》い虫《むし》が入《はい》ってあばれているようなものかもしれないね。でもね、すぐに退院《たいいん》できると思《おも》うから、心配《しんぱい》はいらないよ」

おばあちゃんはそう言《い》うと、ぬいものをはじめました。

（心《こころ》に入《はい》る虫《むし》ってなんだろう？）

絵里《えり》はもっとききたい気持《きも》ちをおさえて、おばあちゃんの部屋《へや》を出《で》ると、健太《けんた》の家《いえ》に行《い》きました。健太《けんた》の家《いえ》をたずねるのは、ひさしぶりです。四年生《ねんせい》になったとたんに、男女《だんじょ》で遊《あそ》ぶことにはずかしさを感《かん》じるようになり、行《い》き来《き》することが少《すく》なくなったのです。

庭《にわ》でボールをけっている健太《けんた》を見《み》つけると、絵里《えり》は大声《おおごえ》で「健《けん》ちゃーん」と呼《よ》びました。気《き》がついた健太《けんた》が「よっ」と手《て》をあげてかけよってきます。

「トンコやんが入院《にゅういん》したんだってね」

「ああ、うん」

「うちのおばあちゃんが、心《こころ》の病気《びょうき》って言《い》ってたけど、本当《ほんとう》？」

健太《けんた》はボールをトントンとつきながら、だまってしまいました。しばらくそのままボールをついていましたが、そのボールを思《おも》いっきりけると、「家《いえ》の中《なか》、見《み》てみ」と言《い》いました。

絵里《えり》は玄関《げんかん》に入《はい》ってびっくりしました。ふすまも障子《しょうじ》もビリビリにやぶられています。障子《しょうじ》の下《した》のガラスの部分《ぶぶん》がなくなっているのは、割《わ》れてしまったからでしょうか。

ボールをひろって、またトントンとつき始《はじ》めた健太《けんた》に「これって、トンコやんがやったの?」とたずねました。健太《けんた》はまりつきをするように、右足《みぎあし》をぐるんとリズムよく上《あ》げながら、「そう。家《いえ》の中《なか》であばれて、ケガして入院《にゅういん》したんだ。また心《こころ》の病気《びょうき》がでた、って母《かあ》ちゃんが言《い》ってた」とこたえました。

「また、って前《まえ》にもあったの?」

「うん。オレたちが小《ちい》さいころにあばれたことがあるんだって」

絵里《えり》はやぶれた障子《しょうじ》に目《め》をむけました。

(心《こころ》の病気《びょうき》……)

頭《あたま》の中《なか》に、葉《は》っぱをふんだときの、こわい顔《かお》をしたトンコやんがうかびました。あのときのようなこわい顔《かお》で、トンコやんはあばれたのでしょうか。

絵里《えり》はいたたまれなくなって「早《はや》くよくなるといいね」とだけ言《い》うと、家《いえ》にもどりました。

二週間《しゅうかん》ほどでトンコやんは退院《たいいん》しました。

けれども、心《こころ》の中《なか》の悪《わる》い虫《むし》が消《き》えたわけではありませんでした。虫《むし》があばれないときは、今《いま》までと同《おな》じトンコやんでしたが、いったんあばれだすと、どうにもなりません。

あるときは、電柱《でんちゅう》に登《のぼ》って大声《おおごえ》を出《だ》してみたり。またあるときは、道行《みちゆ》く人《ひと》をつかまえて大声《おおごえ》をだしたり。自分《じぶん》の家《いえ》の屋根《やね》からジャンプしようとしたこともありました。

ある日《ひ》のことです。

絵里《えり》が友《とも》だちといっしょに、学校《がっこう》の帰《かえ》り道《みち》を歩《ある》いていると、車《くるま》のクラクショ

ンがきこえてきました。一台《だい》の車《くるま》の音《おと》ではありません。何台《なんだい》もの車《くるま》が、いっせいにクラクションを鳴《な》らしているのです。

「なんだろうね？」

絵里《えり》は友《とも》だちとふたり顔《かお》を見合《みあ》わせました。道路《どうろ》の車《くるま》はかなり混《こ》み合《あ》っています。事故《じこ》でもあったのかな、と絵里《えり》たちの足《あし》が急《いそ》ぎました。

絵里《えり》の家《いえ》が近《ちか》づいて、道路《どうろ》が混《こ》んでいるわけがわかりました。トンコやんが車道《しゃどう》に立《た》っているのです。「あーっ」とか「うおーっ」と大声《おおごえ》をあげています。健太《けんた》の両親《りょうしん》や近所《きんじょ》の人《ひと》がそばによると、その声《こえ》はますます大《おお》きくなり、手《て》をぐるぐる回《まわ》してあばれます。

足止《あしど》めされてイライラしているのでしょう。車《くるま》の運転手《うんてんしゅ》たちが、クラクションをひっきりなしに鳴《な》らしていたのです。

おとなが数人《すうにん》がかりで、ようやくトンコやんを家《いえ》にいれることができました。けれども、このことは一回《かい》で終《お》わらず、トンコやんはなんども車道《しゃどう》に出《で》るようになってしまったのです。そして、どういうわけか、車道《しゃどう》のまんなかにしゃがみこみ、オシッコをするようになってしまいました。

うわさがひろまるのは早《はや》いものです。トンコやんのことは、あっという間《ま》に近所中《きんじょじゅう》、そして絵里《えり》が通《かよ》う小学校《しょうがっこう》にも知《し》れわたりました。

間《ま》もなくして、健太《けんた》のまわりにクラスメイトが集《あつ》まり、トンコやんのことをききたがるようになりました。

「トンコやんは何才《なんさい》？」

「トンコやんはどんな病気《びょうき》？」

「トンコやんがひらがな読《よ》めないって本当《ほんとう》？」

「トンコやんはどうして道路《どうろ》でオシッコするんだ？」

「トンコやんといっしょに住《す》んでていやじゃないの？」

それはクラスメイトにとって、すなおに感《かん》じた疑問《ぎもん》だったのでしょう。

ところが、健太《けんた》はどの質問《しつもん》にもこたえなかったのです。トンコやんのことをなにも話《はな》しません。どんなことをきかれても、言《い》われても、ただただ、だまっていたのです。健太《けんた》の口《くち》はかたく結《むす》ばれたままでした。

ほとんどのクラスメイトたちは、だまっている健太《けんた》になにかを感《かん》じて、だんだんに質問《しつもん》することをやめました。けれども、なんにんかのクラスメイトは、なにも言《い》わない健太《けんた》に腹《はら》を立《た》てたのか、いじめるようになったのです。

いじめのリーダーは、マサルでした。もともとクラスでいばっている男《おとこ》の子《こ》です。体《からだ》はみんなよりも、ひとまわりもふたまわりも大《おお》きくて、グイッとつり上《あ》がった目《め》をしています。その目《め》でにらまれると、たいていの子《こ》どもはなにも言《い》い返《かえ》せなくなってしまいます。

「おい、健《けん》太《た》。おまえも道《どう》路《ろ》のまんなかでションベンすんのか?」

今日《きょう》も登校《とうこう》と同時《どうじ》に、マサルは健《けん》太《た》をからかいました。マサルの子分《こぶん》たちが、ぎゃははと大声《おおごえ》で笑《わら》います。健《けん》太《た》はなにも言《い》わず、ランドセルの中身《なかみ》を机《つくえ》の中《なか》にうつそうとしました。すると、机《つくえ》の中《なか》にたくさんのゴミがつまっていたのです。マサルと子分《こぶん》たちがやったことでした。マサルたちは、健《けん》太《た》がどんな反応《はんのう》をするのか、おもしろがって見《み》ています。

健《けん》太《た》はだまって、ゴミを片《かた》づけはじめました。教室《きょうしつ》のうしろに置《お》いてあるゴミ箱《ばこ》を持《も》ってきて、机《つくえ》の中《なか》のゴミをいれていきます。ククと笑《わら》いながら見《み》ていたマサルは、そのゴミ箱《ばこ》をわざとたおして、

「おおっと。ごめんごめん。健《けん》太《た》、悪《わる》いけど片《かた》づけといてくれよ。おれ、この道路《どうろ》でションベンしてくるから」

こんなふうに健太《けんた》に小声《こごえ》で耳打《みみう》ちするのでした。まわりの子分《こぶん》たちがまた、ぎゃははと笑《わら》います。マサルも口《くち》の右側《みぎがわ》を上《あ》げて、ニヤッと笑《わら》うのでした。

いじめは日《ひ》ましにエスカレートしました。トンコやんの悪口《わるぐち》はもちろんのこと、教科書《きょうかしょ》やノートに落書《らくが》きをされたり、うわばきをかくされることもしょっちゅうです。マサルが教科書《きょうかしょ》を忘《わす》れれば、健太《けんた》のものをとうぜんのように使《つか》うし、健太《けんた》が新《あたら》しいえんぴつや消《け》しゴムを持《も》っていると、「サンキュー」と言《い》って、とってしまうのです。

それでも健太《けんた》はなにも言《い》いません。なので、健太《けんた》がいじめられていることを知《し》らないクラスメイトもいました。「マサルと健太《けんた》って、前《まえ》からあんなに仲良《なかよ》かったたっけ?」と絵里《えり》にきいてきた子《こ》がいるくらいです。先生《せんせい》もいじめには気《き》づいていないようでした。

絵里《えり》はなにも言《い》わない健太《けんた》に気《き》をもみました。いつか言《い》い返《かえ》すのだろう、と思《おも》っていたのですが、健太《けんた》はいつまでたってもだまったままです。どうして意地悪《いじわる》されているって言《い》わないんだろう。どうして言《い》い返《かえ》さないんだろう。どうしてなの？　どうして？　どうして？

たまらなくなった絵里《えり》は、思《おも》い切《き》って健太《けんた》にききました。

「ねえ、どうして、いつもだまってるの？　なにも言《い》わないの？」

「……」

「トンコやんの悪口《わるぐち》だって、いっぱい言《い》われてるじゃない。いやじゃないの？」

「いいんだ。ほんとうのことだから」

「そうだけど……、そうだけどさ、マサルたちにあんなふうに言《い》われてくやしくないの？」

「いいんだってば」

「なによ！　健《けん》ちゃんの弱虫《よわむし》！」

健《けん》ちゃんが言《い》わないのなら、あたしが言《い》う！　と思《おも》いました。マサルたちに向《む》かって「やめなさいよ！」と言《い》う準備《じゅんび》は、いつだってできているのです。職員室《しょくいんしつ》に行《い》って、先生《せんせい》に話《はな》すことだってかんたんです。

けれども、いざとなると、絵里《えり》の足《あし》はすくみ、くちびるはかたく閉《と》ざされます。健太《けんた》のためになにかをしたら、自分《じぶん》もいじめられるのではないか、という不安《ふあん》が押《お》しよせてくるのです。

絵里《えり》は、自分《じぶん》だって弱虫《よわむし》じゃないの、とやり切《き》れない気持《きも》ちをいだくようになりました。

「いいんだ。ほんとうのことだから」

健太《けんた》のことばが頭《あたま》をよぎります。

（健《けん》ちゃんがいいんなら、それでいいじゃない）

絵里《えり》はだんだんに、健太《けんた》のことを遠《とお》ざけるようになり、季節《きせつ》は夏《なつ》へと変《か》わりました。

このころになると、クラスメイトのなんにんかは、マサルたちのようすに気《き》がついているようでした。でも、そのことを口《くち》にする子《こ》はいません。見《み》て見《み》ぬふりをしているのです。絵里《えり》はそんなクラスメイトを腹立《はらだ》たしく感《かん》じましたが、自分《じぶん》も同《おな》じだと思《おも》うとなにも言《い》えませんでした。

けれども、絵里《えり》にはちょっとした希望《きぼう》がありました。それは夏休《なつやす》みです。長《なが》い夏休《なつやす》みのあいだ、健太《けんた》とマサルが顔《かお》を合《あ》わすことがなければ、また以前《いぜん》のようになにもない、普通《ふつう》の日々《ひび》がもどってくるかもしれないと、絵里《えり》は考《かんが》えていたのです。

しかし、そんなことでいじめはなくなりませんでした。夏休《なつやす》みが終《お》わって登校《とうこう》すると、マサルたちは前《まえ》と同《おな》じように、健太《けんた》への意地悪《いじわる》を続《つづ》けたのです。

「すっかり健《けん》ちゃんと遊《あそ》ばなくなったんだねえ。夏休《なつやす》みのあいだもぜんぜん遊《あそ》ばなかっただろう？」

おばあちゃんに言《い》われて絵里《えり》はドキッとしました。加奈《かな》はときどき良太《りょうた》と遊《あそ》んでいますが、絵里《えり》と健太《けんた》はまったく遊《あそ》ばなくなっていたのです。それに、両親《りょうしん》にもおばあちゃんにも、健太《けんた》がいじめられていることや、自分《じぶん》が健太《けんた》を遠《とお》ざけてしまったことを話《はな》せないでいたのです。

「男《おとこ》と女《おんな》で遊《あそ》ぶとからかわれるんだもん。だから遊《あそ》ばないの」

おばあちゃんは絵里《えり》の目《め》をまっすぐに見《み》つめて、「ほんとうにそれだけ？」とききました。

絵里《えり》には、おばあちゃんの目《め》が、なにもかも知《し》っているように見《み》えました。

「……ううん、ちがうの。ほんとうはね――」

絵里《えり》は心《こころ》の中《なか》にたまっていた気持《きも》ちをはきだすかのように、今《いま》までのことを話《はな》し始《はじ》めました。おばあちゃんは、「そうか、そうか」とうなずきながらきいてくれました。

絵里《えり》の話《はなし》がひとくぎりついたときです。「こんちはー」と声《こえ》がして、トンコやんが入《はい》ってきました。ひさしぶりに見《み》たトンコやんは、少《すこ》しやせたような気《き》がします。

「絵里《えり》ちゃん、こんちはー」

トンコやんにあいさつをされましたが、絵里《えり》はことばがでません。心《こころ》の中《なか》に、黒《くろ》いうずまきがぐるぐるとまわるのです。健太《けんた》はトンコやんのせいでいじめにあってるんだよ。トンコやんのせいで、トンコやんのせいで……。

絵里《えり》はなにも言《い》わずに、ぷいっと部屋《へや》を出《で》てしまいました。

「絵里《えり》！」

おばあちゃんが絵里《えり》のあとを追《お》ってきました。いつになく、おばあちゃんの顔《かお》がけわしくなっています。

「どうして、トミちゃんのことを無視《むし》したの？」

「だって、トンコやんのせいだもん！　健《けん》ちゃんがいじめられてるの、トンコやんのせいだもん！　それに――」

絵里《えり》は、そのせいで弱虫《よわむし》の自分《じぶん》に気《き》づかされたことを言《い》おうとして、やめました。

「ねえ、絵里《えり》。絵里《えり》がしたことは、健《けん》ちゃんをいじめている子《こ》と同《おな》じだよ」

「……どうして？」

「相手《あいて》にいやな思《おも》いをさせているだろ。さっき絵里《えり》にしらんぷりされて、トミちゃんは、悲《かな》しくなったと思《おも》うよ」

「でも――」

絵里《えり》はそれ以上《いじょう》なにも言《い》えませんでした。

「悪《わる》いことはね、まわりが気《き》づかなくても、神《かみ》さまだけはじっと見《み》ているよ。そうしていつか、バチがあたる。おばあちゃんはそう思《おも》っているよ」

絵里《えり》はくちびるをぎゅっとつきだすと、家《いえ》を飛《と》び出《だ》しました。「絵里《えり》！」とおばあちゃんが呼《よ》びましたが、足《あし》をとめません。絵里《えり》にはおばあちゃんの言《い》っていることがよく分《わ》かったのです。分《わ》かったからこそ、はずかしくなって、その場《ば》にいられなくなったのでした。

近所《きんじょ》の原《はら》っぱにぺたんとすわると、絵里《えり》は考《かんが》えました。

（分《わ》かってる。トンコやんは悪《わる》くない。悪《わる》いのはトンコやんの病気《びょうき》なんだ。だけど、だけど）

考《かんが》えても考《かんが》えても、もやもやする気持《きも》ちはおさまりません。

ふと、自分《じぶん》がすわっているのが、クローバーの上《うえ》だと気《き》づきました。この原《はら》っぱで、なんども四つ葉《ば》のクローバーをさがしましたが、絵里《えり》はいちども見《み》つけたことがありません。四つ葉《ば》のクローバーはしあわせを運《はこ》ぶといわれています。今《いま》、見《み》つけることができたなら、なにかが変《か》わるかもしれないな、と絵里《えり》は思《おも》いました。

三十分《ぷん》か一時間《じかん》か、けっこうな時間《じかん》をかけて四つ葉《ば》をさがしましたが、やっぱり見《み》つかりません。

人《ひと》の気配《けはい》を感《かん》じて顔《かお》をあげると、少《すこ》しはなれたところにトンコやんが立《た》っていました。「絵里《えり》ちゃん、なにしてんの？」と、近《ちか》づいてきます。その顔《かお》はにこやかで、さっきのことを気《き》にしているようには見《み》えません。

絵里《えり》がほっとしながら「四つ葉《ば》さがしだよ」とこたえると、トンコやんは

「ああ、そっかー」といつもの調子《ちょうし》で言《い》いながら、となりにしゃがみました。絵里《えり》は、とつぜん、だれかに見《み》られたらいやだなあ、という気持《きも》ちがわきあがってきました。さっき反省《はんせい》したばかりなのに――、と自分《じぶん》をしかっても、ふつふつと心《こころ》が波立《なみだ》つのです。

トンコやんは、絵里《えり》のとなりで四つ葉《ば》さがしをはじめてしまいました。

「ないねー。ないねー」と、しんけんな顔《かお》でクローバーをかきわけています。

（どうしよう）

波立《なみだ》つ心《こころ》をおさえられない絵里《えり》は、知《し》ってる人《ひと》に気《き》づかれないようにと、道路《どうろ》に背中《せなか》をむけました。そして、四つ葉《ば》をさがすふりをしながら、少《すこ》しずつトンコやんからはなれていったのです。トンコやんに悪《わる》いと思《おも》っても、わきあがる感情《かんじょう》をおさえることができません。

（そっと帰《かえ》っちゃおう）

立《た》ち上《あ》がったそのとき、「みーつけたー」と、声《こえ》がして、絵里《えり》はギクッとしました。ゆっくりとふりかえると、トンコやんがうれしそうにかけよってきて、その手《て》の中《なか》には、こい緑色《みどりいろ》の四つ葉《ば》があったのです。絵里《えり》はびっくりしました。

「ほんとだ。トンコやん、すごいね！」

「絵里《えり》ちゃんにあげる」

「いいの？」

「いいよ」

トンコやんは四つ葉《ば》を絵里《えり》にわたすと、「もっとさがす」と言《い》ってしゃがみました。絵里《えり》は「ありがとう」と言《い》って四つ葉《ば》をハンカチにはさむと、トンコやんのそばに行《い》きました。

「トンコやん、さっきはごめんね」

「ごめんね？」

「しらんぷりしてごめんね」

「ああ、そっかー」

トンコやんがニカッと笑《わら》ったので、絵里《えり》もニカッと笑《わら》い返《かえ》しました。心《こころ》にわいていたもやもやした気持《きも》ちが、すうっと消《き》えていくようです。絵里《えり》はいつのまにか、道路《どうろ》に背中《せなか》をむけることを忘《わす》れていました。


つぎの日《ひ》、絵里《えり》は少《すこ》しだけドキドキしながら学校《がっこう》に行《い》きました。きのうトンコやんと遊《あそ》んだのをだれかに見《み》られていて、そのことをからかわれたり、なにかを言《い》われたらいやだなあと思《おも》っていたのです。けれど、だれからも、なにも言《い》われませんでした。

それからもなんどかトンコやんと遊《あそ》びました。ときには、同級生《どうきゅうせい》にそのようすを見《み》られることもありましたが、やっぱり、だれにもなにも言《い》われませんでした。

けれども、マサルたちの健太《けんた》への意地悪《いじわる》はずっと続《つづ》いていました。健《けん》ちゃんがいいなら、それでいいじゃない――と、健太《けんた》を遠《とお》ざけたままの絵里《えり》でしたが、ほんとうは、なんとかしたい、なんとかしなくちゃと、いつも思《おも》っていました。でも、マサルのつり上《あ》がった目《め》を見《み》ると、思《おも》うだけで行動《こうどう》できません。

「いつかバチがあたる。いつかバチがあたるんだ」

絵里《えり》には、おばあちゃんの言《い》ったことばを頭《あたま》のなかでくりかえすことしかできなかったのです。

ある日《ひ》の下校《げこう》とちゅう、友《とも》だちといっしょに歩《ある》いていた絵里《えり》は、前《まえ》を歩《ある》いている健太《けんた》を見《み》つけました。マサルたちのランドセルを持《も》たされて、よろよろと歩《ある》いています。

（健《けん》ちゃん……）

絵里《えり》は鼻《はな》のおくがツーンとなって、なみだが出《で》そうになりました。

「あたし、助《たす》けてくる！」

思《おも》わず出《で》たことばに、絵里《えり》自身《じしん》がおどろきました。友《とも》だちは、「やめときなよ。いっしょにいるのマサルでしょ？　仕返《しかえ》しされたらこわいじゃない」と、立《た》ち止《ど》まりました。

「そうだけど。でも、見《み》てられないよ」

絵里《えり》は左《ひだり》むねにつけている名札《なふだ》をうらがえしました。うらがわに、トンコやんからもらった四つ葉《ば》をいれていたのです。その四つ葉《ば》に勇気《ゆうき》づけられる気《き》がしました。

「あたし、やっぱり助《たす》けてくる！」

「んもうっ、しょうがないな。いっしょに行《い》くよ」

ふたりは健太《けんた》にかけよると、マサルたちのランドセルを投《な》げすてました。

「なにすんだよ！」とマサルがつり上《あ》がった目《め》でにらみましたが、絵里《えり》はひるみません。

「こんなことばかりしてるとね、今《いま》にバチがあたるからね！」


つぎの日《ひ》からマサルは、今《いま》まで以上《いじょう》に健太《けんた》をいじめるようになりました。まるで、健太《けんた》を助《たす》けた絵里《えり》へのあてつけのようです。それを感《かん》じた絵里《えり》は、健太《けんた》を守《まも》ろうと思《おも》いました。もう、マサルなんてこわくありません。

けれど、健太《けんた》がそれをこばむのです。女《おんな》の子《こ》に守《まも》られるのがはずかしいのかな、と絵里《えり》は思《おも》いましたが、もっとちがう理由《りゆう》のような気《き》もしました。健《けん》太《た》がなにを考《かんが》えているのか、絵里《えり》には分《わ》かりません。

だからといって、このままほうっておくわけにはいきません。

(ぜんぶ先生《せんせい》に話《はな》そう)

そう心《こころ》に決《き》めて登校《とうこう》した日《ひ》のことでした。朝《あさ》の会《かい》で先生《せんせい》が、「きのう、マサルくんが交通事故《こうつうじこ》にあいました。足《あし》のほねを折《お》って入院《にゅういん》しています」と言《い》ったのです。

バチがあたったんだ、と絵里《えり》は思《おも》いました。

教室《きょうしつ》のあちこちから、「かわいそう」「いたそう」という声《こえ》がきこえてきましたが、絵里《えり》は「いい気味《きみ》!」と心《こころ》の中《なか》でさけびました。

(今《いま》までさんざん悪《わる》いことしてきたんだもの、バチがあたって当然《とうぜん》よ!)

マサルがいないと、子分《こぶん》たちは静《しず》かなものです。健太《けんた》いじめがぴたりとやんだのです。

（マサルなんて、ずっと学校《がっこう》にこなきゃいいのに！）

絵里《えり》は、ついそんなことまで考《かんが》えてしまいました。

ですから、学級委員《がっきゅういいん》が「マサルくんのためにみんなで鶴《つる》を折《お》ろう」と提案《ていあん》したときには、心《こころ》の底《そこ》から「ええっ！」と思《おも》ってしまいました。どうしてあんな意地悪《いじわる》な人《ひと》のために鶴《つる》を折《お》らなければならないのかと、めんどうな気持《きも》ちになったのです。でもそんなことは、みんなの前《まえ》で言《い》えません。鶴《つる》は家《いえ》で折《お》ることに決《き》まりました。

つぎの日《ひ》、絵里《えり》は健太《けんた》が持《も》ってきた鶴《つる》の数《かず》を見《み》ておどろきました。手《て》さげぶくろから出《だ》された鶴《つる》は、百羽《ひゃくわ》をゆうにこえるほどの数《かず》があったのです。絵《え》里《り》は、しぶしぶ折《お》った鶴《つる》をひとつ持《も》ってきただけでした。

「健《けん》ちゃん、どうしてそんなに折《お》ってきたの？」

そうたずねても、「うん……」としかこたえてくれません。絵里《えり》はますます、

健太《けんた》のことが分《わ》からなくなりました。

それから一か月《げつ》がたったある日《ひ》、マサルが母親《ははおや》につれられて登校《とうこう》しました。松葉杖《まつばづえ》を使《つか》うようですが、退院《たいいん》できたのです。絵里《えり》は、また健太《けんた》がいじめられると思《おも》い「あーあ」と心《こころ》の中《なか》でためいきをつきました。

絵里《えり》が思《おも》ったとおりでした。マサルはすぐに健太《けんた》のまわりを子分《こぶん》といっしょにかこんだのです。絵里《えり》はそのようすを注意《ちゅうい》ぶかく見守《みまも》りました。ケガをしていたって、悪《わる》いことは悪《わる》いことです。健太《けんた》がいじめられたら、すぐに先生《せんせい》に話《はな》そう！　と絵里《えり》は決意《けつい》しました。

ところが、どうもようすが違《ちが》います。からかった笑《わら》い声《ごえ》も、バカにするような話《はな》し声《ごえ》もきこえてきません。マサルと健太《けんた》が笑《わら》いあっているのです。

（どうして？）

絵里《えり》がふしぎに思《おも》っていると、教室《きょうしつ》に先生《せんせい》が入《はい》ってきて朝《あさ》の会《かい》がはじまりました。

先生《せんせい》は、マサルに「退院《たいいん》おめでとう」と言《い》ったあとに、「さっき、マサルくんのお母《かあ》さんからきいたのですが――」と続《つづ》けました。

その話《はなし》に、絵里《えり》はおどろきました。なぜなら、健太《けんた》が毎日《まいにち》のようにマサルの病室《びょうしつ》へお見《み》まいに行《い》っていたというのですから。しかも、その日《ひ》、学校《がっこう》で習《なら》ったことをマサルに教《おし》えていたというのです。

「マサルくんのお母《かあ》さんは、たいへんよろこんでいました。マサルくん、よかったですね。健太《けんた》くん、とてもいいことをしましたよ」

先生《せんせい》にほめられ、クラスメイトからの拍手《はくしゅ》をうけている健太《けんた》は、少《すこ》してれたように笑《わら》っていました。絵里《えり》は、わけが分《わ》からずに、ぼーっと健太《けんた》を見《み》ることしかできませんでした。

「ねえ、健《けん》ちゃん。今日《きょう》いっしょに帰《かえ》ろう」

帰《かえ》りの会《かい》のあとに、絵里《えり》がさそうと、健太《けんた》は「うん」とうなずきました。

絵里《えり》はどうしても、健太《けんた》の気持《きも》ちが知《し》りたかったのです。

それなのに、いざいっしょに歩《ある》き出《だ》すと、なかなか言《い》い出《だ》せません。絵里《えり》がためらっていると、健太《けんた》が先《さき》に口《くち》をひらきました。

「絵里《えり》ちゃん」

「うん？」

「いろいろ、どーもな。心配《しんぱい》かけてごめん」

「えっ、あ、うん」

「マサルのことが、ききたいんだろ？」

図星《ずぼし》だった絵里《えり》は、「うん、そう」と小《ちい》さな声《こえ》で言《い》いました。健太《けんた》がゆっくりとした口調《くちょう》で話《はな》し始《はじ》めました。

「オレさ、マサルにトミおばちゃんの悪口《わるぐち》を言《い》われてもなにも言《い》わなかったのは、言《い》い返《かえ》せなかったんだ。だって、オレも同《おな》じようなこと思《おも》ってたから」

「え？」

絵里《えり》はびっくりして顔《かお》を上《あ》げました。

「どうしてトミおばちゃんは、知的障害者《ちてきしょうがいしゃ》なんだろ。どうしてオレんちに住《す》んでるんだろ……っていつも思《おも》ってた」

健太《けんた》は静《しず》かに続《つづ》けます。

「知的障害《ちてきしょうがい》だけじゃない。トミおばちゃんは、心《こころ》の病気《びょうき》ももってる。病気《びょうき》になったのは、トミおばちゃんのせいじゃないけど、家《いえ》の中《なか》をめちゃくちゃにして、ほんとにいやだと思《おも》った。トミおばちゃんが近所《きんじょ》の人《ひと》に迷惑《めいわく》かけて、オレんちの父《とう》ちゃんと母《かあ》ちゃんがあやまってるのを見《み》るのもいやだった。ここんとこ、おちついてることが多《おお》いけど、ときどき、急《きゅう》にあばれたり、おこったりしてる」

「うん」

絵里《えり》はおばあちゃんにきいて知《し》っていました。

「トミおばちゃんのうわさがひろまったとき、みんながオレのまわりに集《あつ》まっただろ。オレさ、ずっと心《こころ》の中《なか》で、トミおばちゃんなんかいなくなっちゃえばいいんだって思《おも》ってたんだ。すこしでも口《くち》をひらいたら、そのことを言《い》っちゃいそうで、それでオレ、ずっとだまってた」

「そうだったの……」

絵里はちいさくつぶやきました。

「マサルが入院《にゅういん》したときの鶴《つる》だけど。あれ、トミおばちゃんが折《お》ったんだ。オレもいくつかは折《お》ったけど、ほとんどがトミおばちゃん」

「え？　なんで？」

「鶴《つる》の折《お》り方《かた》なんて知《し》らなかったから、トミおばちゃんにきいたんだ。どうせ知《し》らないだろうなって思《おも》ったのに、トミおばちゃん知《し》ってた。なんで折《お》るの？　ってきかれたから、友《とも》だちがケガをして入院《にゅういん》したからって言《い》ったんだ。そしたら、てつだうって言《い》って、あんなに折《お》ってくれた」

健太《けんた》は、大《おお》きく深呼吸《しんこきゅう》をしてから続《つづ》けました。

「オレさ、トミおばちゃんが鶴《つる》折《お》ってるのを見《み》てたらさ、急《きゅう》に意地悪《いじわる》したくなって。それで、入院《にゅういん》した友《とも》だちは、いつもトミおばちゃんの悪口《わるぐち》を言《い》ってるんだ、って言《い》っちゃったんだ」

えっ、と絵里《えり》はおどろきました。

「それきいて、トンコやんはなんて言《い》ったの？」

「ああ、そっかー、て言《い》いながら、鶴《つる》折《お》ってた。ごはんも食《た》べないでずっと」

絵里《えり》は四つ葉《ば》のクローバーをさがしてくれたトンコやんのすがたを思《おも》いうかべました。あの時《とき》のように、しんけんな顔《かお》で鶴《つる》を折《お》ったに違《ちが》いありません。

「オレもマサルと同《おな》じだと思《おも》った」

「どうして？」

「だってオレ、一生懸命《いっしょうけんめい》鶴《つる》を折《お》ってるトミおばちゃんに意地悪《いじわる》したんだ。それに、いつも心《こころ》の中《なか》でトミおばちゃんの悪口《わるぐち》言《い》ってた。だからマサルと同《おな》じだよ……。そしたらマサルのケガが、自分《じぶん》のことのように思《おも》えたんだ」

絵里《えり》は胸《むね》がぎゅうっとしめつけられるようでした。

（あたしだって心《こころ》の中《なか》ではひどいことをいっぱい思《おも》っていた。トンコやんのことも、健《けん》ちゃんのことも、マサルのことも――）

「オレさ、トミおばちゃんが鶴《つる》をたくさん折《お》ってくれたことをマサルに言《い》いたくて、それで病院《びょういん》に行《い》ったんだ。鶴《つる》のことだけ言《い》うはずだったのに、気《き》がついたら、いま絵里《えり》ちゃんに言《い》ったことをマサルに話《はな》してて」

「そうだったんだ……。それで、マサルはなんて言《い》ったの？」

「うん。はじめはそっぽを向《む》いてたけど、とちゅうからまじめな顔《かお》つきになって、オレが話《はな》し終《お》わったら、明日《あした》も来《き》てくれるか？　って言《い》うんだ。それでつぎの日《ひ》も行《い》ったけど、もう話《はな》すことがないから、教科書《きょうかしょ》を出《だ》して、その日《ひ》習《なら》ったことを教《おし》えたんだよ。そしたら、また来《き》てくれって言《い》われて、毎日《まいにち》行《い》くようになったんだ。それで五日目《いつかめ》ぐらいだったかな。マサルに、今《いま》までごめんなって言《い》われたんだ。オレもごめんって言《い》ったら、またマサルがごめんって言《い》って、オレもまたごめんって——」

「健《けん》ちゃん、ごめんね。いつだったか、弱虫《よわむし》って言《い》ってごめんね」

絵里《えり》の目《め》から、なみだがぼろぼろとこぼれました。健太《けんた》の気持《きも》ち、マサルの気持《きも》ち、トンコやんの気持《きも》ち、それから絵里《えり》の気持《きも》ち。いろんな気持《きも》ちが絵里《えり》の頭《あたま》の中《なか》でぐるぐるとまわりました。そして、自分《じぶん》もマサルと同《おな》じだ、健太《けんた》と同《おな》じだ、と気《き》づきました。

ようやくなみだが止《と》まった絵里《えり》は、そっと顔《かお》を上《あ》げました。健太《けんた》も目《め》が真《ま》っ赤《か》です。ふたりは顔《かお》を見合《みあ》わせると、えへへと笑《わら》いました。

「ひさしぶりに、みんなでかくれんぼしようよ」

絵里《えり》のことばに健太《けんた》が「おう」とうなずきました。

家《いえ》の近《ちか》くの道路《どうろ》にトンコやんが立《た》っているのが見《み》えました。絵里《えり》は「先《さき》に行《い》くね」と言《い》って走《はし》り出《だ》すと、トンコやんにむかって大《おお》きな声《こえ》でさけびました。

「トミちゃーーん！　いっしょにかくれんぼしよう！」

（おわり）

[作者] 久保田ゆき（くぼた・ゆき）

1969年（昭和44年）茨城県生まれ。
趣味は読書（漫画を含む）、童話を書くこと、葉っぱ鑑賞。子どもの頃やOL時代の出来事を綴った作品を「思い出日記」と題して2006年よりインターネットで発表。尊敬する人は、両親と忌野清志郎。スペインに行って、ガウディの建築物を見ることが目下の夢。
http://kubota-yuki.com/

[画家] いのうえかおる

1974年（昭和49年）札幌生まれ。女子美術短期大学絵画科卒業。デザイン会社を経て2002年よりフリーランスとして書籍や広告のイラストやグラフィックデ ザインを中心に手がける。

編集協力：勝間田太郎　編集：佐々木照美

となりのトンコやん

平成21年7月17日　第1刷発行

著　者　久保田ゆき
発行者　日高裕明
発　行　株式会社ハート出版

〒171-0014
東京都豊島区池袋3-9-23
TEL. 03-3590-6077 FAX. 03-3590-6078

印刷・製本／中央精版印刷

ISBN978-4-89295-657-7 C8093　　定価はカバーに表示してあります